바람 지난 뒤 대밭에는
바람 소리 남아 있지 않고

바람 지난 뒤 대밭에는
바람 소리 남아 있지 않고

조승기 시집

문학들

　사람이나 사물이나 현상, 그 모두를 넉넉히 겪어내 이젠 어느 대상에서도 나를 비워낼 수 있게 되었다. 『莊子』에서 한 구절 뽑아 올려 표제로 삼는다.

　風過而竹不留聲.

불기 2556년 신록지절

一如 조승기

차례

5   시인의 말

제1부 날개

13   하얀 사랑

14   우문雨文 병瓶

15   무구요無垢窯

16   달

17   선학동仙鶴洞

18   무화과

19   편지

20   도반道伴

21   집

22   먼 길

23   봄날의 노래

24   죄

25   대월리對月里

26   대월리對月里 일우一隅

27   나

28   심인尋人

29   날개

30   매화마을

31   초승달

32   단풍

33   이별

34   목련

35   꽃

36   유달산

제2부 묵란도

39   다시 장춘동長春洞 지나며

40   물의 집

41   새

42   풍경風磬의 독백

43   부처도 쉬고 싶다

44   미황사美黃寺

45   백련사白蓮寺 동백

46   연蓮

47   물방울

48   달의 집

49 마애불

50 빙렬

51 빙렬에 관한 명상

52 신발

53 여촌如村의 말

54 묵란도墨蘭圖

55 심란도心蘭圖

56 심란도尋蘭圖

57 난초도蘭草圖

58 난화도蘭花圖

59 춘란도春蘭圖

제3부 서창리 시편

63 서창호西倉湖

64 서호西湖

65 서창정西倉亭

66 푸른호수갤러리

67 풍화 작용

68 자화상

69 청보리의 꿈

70 그림, 혹은 그리움

71 거울

72 도라지꽃

73 능소화

74 차茶

75 사과

76 동해東海

77 유락有樂

78 서창가西倉歌

80 동거同居

81 겨울

제4부 단풍

85 소

86 뿔

87 벌레

88 폐가

89 진달래

90 새치

91 해바라기

92   무슨 달

93   비

94   화석

95   시인

96   추운 봄날

97   비산요 毗山窯

98   찻사발

99   입춘

100   할매

101   소년

102   무덤

103   추억

104   무등산

105   비가 비를 불러 비 내리게 하고

106   길

107   살구꽃

108   고죽도 孤竹圖

109   **후기**

제1부 날개

하얀 사랑

난초향기가천리간다하여
망울부풀어열려놓칠세라
산넘고강따라차를몰아서
오후느지막이강원도홍천
양지바른흙담에기대앉아
깜박잠들었다가어허절쑤
그제서야다다른맑은향기
눈깜짝할새붙잡았더니라
더는발떼지못하고콧속에
허리내려놓고머물더니라

우문雨文 병瓶

우우雨雨주둥이에서밑의굽까지흐르는비
방울마다일정한간격으로끊긴채선이루며
둥글게부풀어오른허공지나끝없이내리다
메마른비가오늘가난한시인의방찾아들어
네벽따라늘어선책들낱낱이축축이적시다
슬픔하나가젖지않으려이리저리몸놀리나
이미사로잡혀좀체로벗어나지못할듯하다

무구요 無垢窯

작업실아무도없다
쪼그리고쭈그려몸
의부피조금이라도
더줄여볼심산으로
웅크린기물들사이
기물로놓여서도공
늦가을오후햇빛에
습윤말리고있을뿐
작업실아무도없다

달

자신이 빛이라고는
생각하지 못한 채
그저 돌조각으로 떠 있다

밤은 걸음이 더디어서

선학동仙鶴洞

　농산農山 조은백이 살아 생전 그려 놓은 그림 보면 사시장철 밤낮으로 안개만 피어 오르다 세월 한참 흘러 이젠 걷힐 때도 되었으련만 여전하다 더듬어 발 떼어 생겨나 돌아보면 흔적 없는 좁은 길 걸어 더 깊은 골짜기로 들어서다

　문득 안개 속이 들여다보이다 굵은 줄기 잔가지 나뭇잎 떠오고 누각 기둥 스쳐 지나가는 물소리 묻은 바람의 결까지 드러나다 바깥세상에서 묻혀 끌고 온 길 내려놓다 나그네 안개의 입자로 풀려나 사방으로 흩어지다 길 끊기다

무화과

지중해 떠나
전라도 영암 땅까지 와
꽃 피우지 못할 걸

아픈 사랑 선혈 낭자히
가슴 속 파고들어
아무 눈에 띄지 않을 걸

나 닳도록 걸어
지중해 다다라 차마
꽃도 피우지 못할 걸

편지

그대여백에띄
워올린말풍선

낮이면해밤이
면달떠돌더니

먼어느날깊숙
이깨어져별빛

숨은이름가슴
뚫려이만총총

도반道伴

망구望九에 이른 소리꾼
소리에 끼인 때

옆자리 한시도 비운 적 없는
찻잔에 끼인 삶의 때

집

　조용하던 마을 달 떠오며 수런대다 밤벌레 찌륵찌르
르 울며 달빛 몸으로 받아내다 나도 그랬지 상처였는데
달빛이 스미고 차고 넘치며 점차 두꺼워졌었다 딱지 떼
어내면 달빛은 그 자리 고름처럼 엉겨들어 굳다 이건
치유가 아니야 더 아프게 해 중얼거리며 또 헤집다 나
는 엎질러진 채 달빛을 떠나지 못하다 아물지 않는 실
연, 그게 나의 집이었다

먼 길

바람숲구석구석흔들어대다
밤새도록밤새어둠쪼아대다

날밝자날아올라삼킨
어둠조각조금씩뱉다

다시각질의어둠이와
자신을옭아맬때까지

바람은바닥에뎅그렁거리고
숲은휘돌아허공으로떠나다

봄날의 노래

내 죽어 바람 몹시 부는 이른 봄날 한 줌 흙먼지로 네게 가 팔다리 이마 입술 가슴에 닿았다가 그냥 스쳐 지나 까마아득히 먼 곳으로 다시 날아가고 싶다

한 줌 흙먼지가 해마다 찾아오는 내 울음, 숨쉬기조차 어려울 만큼의 그리움이라는 사실을 네가 깨달을 때까지 내 죽어 흙먼지로 네 곁에 가 닿고 싶다

죄

1
내가 내쉰 한숨에
허리 다친
이름 모를 벌레
절룩이며 차가운 밤
별빛 의지한 채
무너진 밭둑 넘는다

2
내가 떨어뜨린
눈물 방울에
가슴 다친 벌레
울면서 울면서
땅속 제 집 찾아
무릎 꺾고 들앉는다

대월리對月里

짓물러 헐어 내린
상처 위로

병든 몸
이끌고 떠오는 달

대월리對月里 일우一隅

밤하늘뚫어져라바라보던쟁반사라지다
달뜨다

비인마루에쟁그랑소리내며쟁반내리다
달지다

나

견디기 위해
다만 살아 남기 위해
갖은 궁핍에서

잎 하나하나 떨궈
붙잡았던 바람 놓아 주고
뿌리 활동마저 최소한으로 멈춰

그늘이나 그 아래
명상까지 비워 내는
나무

심인尋人

나는그대의커다랗고맑은
눈빛에가만손을담갔는데

그만그대눈물방울로부서
져내려가뭇없이사라지다

날개

바람이조금만더잡아주면
끌어당기면자유로워지리

발바닥굳은살박혀
쐐기풀한땀한땀떠

지상에서견디던수많은생채기
어깨위걸치면날아오르겠구나

발톱만으로빚움키어서널리흩뿌려
눈부신학의옷돋아올라허공붙들다

매화마을

치마 살폿
걷어 올린 여인

곧은 종아리
걸어 들어가다

섬진강은 이내
하이얀 빛으로 가득

꽃잎 한 점
나려 닿자

잔물결
흘깃 돌아보다

초승달

추운겨울헐벗고굶주려
땅속겨우뿌리내린보리

꿈틀살아서견디게했던
꺼져가는숨붙들게했던

희끄무레하늘에떠있는
속살비친조선낫한자루

단풍

산은빠져나가고
붉은허물만남다

덫에친짐승사라
지고상처만남다

이별

동해에서 죽은 고래 떼
뼈만 남아 파도에 얹혀
쉬잖고 건너온다

물결 가득 실린 하얀 뼈
뭍에 올라 이 밤 누군가의 울음
끊임없는 방울이 된다

목련

담 밑
서성대며

겨우내
쌓아 둔 발자국

봄이 와
허공 올라

하얗게
머물다

꽃

맨가지들이 나를 하늘로
밀어 올린 다음
빛깔과 향기 묻혀 놓다

꽃대 끝 매달려
지나는 바람 빗방울 붙들고
햇빛도 끌어당겨 옆에 두다

모두들 자신의 어지러움이
삼월이 내어미는
간지러움 탓이라 하다

허공 기댄 채 닳아지는데
내 모양을 한 먼지들 어울려
얼마간 더 떠 하늘대다

유달산

시린 발바닥
감추며

앙상한 뼈
드러내며

바람에
끌려가고 있다

제2부 묵란도

다시 장춘동長春洞* 지나며

두륜봉이루는좁은길과잡목들이
맑은골짜기물속으로옮겨앉아서
제법소리까지낭랑히지녀흐른다

바깥세상향해자꾸만내려가는데
제자리그대로머물러있는듯보여
수면은자신을닮아오래기억한다

* 우리나라에서 봄이 제일 먼저 찾아와 가장 늦게까지 머문다는 대흥사
  골짜기. 아홉 굽이 돌아가면 세속의 번뇌를 벗어 버리는 선경이 있다고
  전해짐.

물의 집

가을 깊어 강화교綱花橋* 아래
갈겨니의 안부 살피려 가다

흘러와 고여 다시 흐르는 물살
등의 청갈색 한층 더 짙어지다

떠나는 은백색 머리카락 향해
갈거니? 그들 무리 지어 묻다

* 이동주 시비 지나 바로 만나는 다리.

새

홍진세계를날아서
피안교 彼岸橋 넘다

이쪽저쪽
차이알까

저들도어둠이있을까
밟고온발자국저물어

여인물소리위
돌다리건너다

풍경風磬의 독백

저놈의중생또와바람
쑤셔넣어울게만드네

부처도 쉬고 싶다

해탈문지나두륜산능선바라보면
봉우리와바위기묘하게조화이뤄
드러누운부처형상연출해내누나

간밤몰래연화대좌빠져나간부처

어디갔나했더니시간가는줄몰라
중생들등쌀에얼마나시달렸는지
부처몸안에서한낮이기울고있다

* 부처가 오히려 무언가에 기대는 듯한 느낌이 와 포근함과 함께 따뜻함
  을 얻는다. 신이 갖는 위엄이나 신을 대하는 외경심이 사라져 참으로
  정겹다. 망중한을 즐기는 걸까. 부처님, 하고 불러 보아도 미동조차 없
  다. 그만 일어나 본래의 자리로 돌아가야 할 텐데 어쩌자고 저렇게만
  있나. 중생의 마음은 자꾸 염려스럽다.

미황사美黃寺

비인들판건너나직하게
슬픔켜들고걸어나가는
길밝히려잡목가지마다
걸어놓은달빛에씻긴절
허공에머물러고요하다

백련사白蓮寺 동백

허공에
모아 둔

불빛
부스러기

연蓮

인연이 진흙이라

삶,
이제 그만
꽃으로
피고 싶다

물방울

튀어
연잎에 내려서다

중심
향해 구르며

모습
온전히 지켜내다

번잡한 세상,
젖지 않고 끼어들다

달의 집

버들치 동안거冬安居 후
등의 암갈색 한결 뚜렷하다

먼 물 다가왔다가 멀어져
가는 모습 꼼짝 않고 바라보다

월인교月印橋* 지나는 여인
버들가지? 하며 곁 스치다

* 도갑사 입구의 다리.

마애불

솔숲스쳐오는바람
소리에두손담그고

집채만한암벽
끌며걸어가다

산山길은언제나
그쯤놓여져있다

빙렬

작은 분청 찻잔에
잎 우려 마시면
무늬들 소리 없이 몸 안 옮겨오다

갖가지 번뇌 허물어져
물살 이뤄
구석구석 가 닿다

아, 상처가 아름답다
달빛이나 바람에서 내려선
잔금들이 비로소 숨을 얻다

빙렬에 관한 명상

저실금은수행자가걷는길이아닐까가도가도끝없는길
마지막엔갇혀버리는길일생걸으나결국헤쳐나오지못하
는구도의길

나그네오늘도길따라떠돌며길위에서잠들다아늑하고
편안했으나어느땐두렵고무서웠던길잔돌멩이속더듬어
다시길내다

그길내면으로가라앉아서바닥에이르는소리사방팔방
퍼져가다산이바람품고골짜기내려서서흐르는물로티끌
세상향하다

신발

신발이 거리에서 떨고 있습니다 신발이 부엌에서 떨고 있습니다 신발이 골방에서 떨고 있습니다 신발이 식은 밥덩이 위에서 떨고 있습니다

오오, 부처님

여촌如村의 말

1
친구는 온다 하고 차茶는 바닥나고
아침 일찍 연蓮밭에 다녀오다

2
차마꺾을수없어손톱에배일만큼기다리다가
빈손이다빈속친구는흠씬연꽃향기로채우다

* 여촌은 온다, 예고 없는 연애처럼. 2011년 10월 8일 23시. 영암군 군서
면에서 넘어 오다. 평화광장 부근 지붕 낮은 술집 뒷방. 새벽까지 술잔
붙잡다. 한글날, 자리 바꿔 용머리 바라다보이는 횟집 2층. 잎새주로 입
술 덮다. 자신의 그림 배경 이야기. 이게 위 시로 자리 잡다. 왜 시인의
말은 술상의 술처럼 자꾸만 엎질러져 사라지는데, 화가의 말은 그대로
고여 시가 될까. 회화의 문학성. 이게 바로 화가로서의 격. 유달산 중턱
으로 자리 옮겨 화첩에 아랫마을 스케치. 두 점. 어찌나 그림에 빠져들
었는지 전혀 일행 의식하지 않다. 그 몇 시간 나는 하염없이 산책. 저런
열정이 오늘의 그를 이뤄 냈으리라. 꼼짝할 수 없이 어둑해진 다음에야
작업 마치다. 19시 30분쯤 버스 터미널 닿다. 여촌은 간다, 속절없는 연
애처럼.

묵란도墨蘭圖

– 이상태

먹물 속에서
걸어 나오는 흰빛

심란도心蘭圖

스물을세차례그리고
다섯해를더걸어야산
기슭다다라마악피어
나는춘란꽃망울보다
하얀향기새어나와발
목돌아코끝휘감기다

난초마음에심어준여
촌또어디쯤붓지팡이
삼아밤길재촉하는지
멀고먼하늘저쪽에서
내린선꼬리길게끌며
먹물속사라져가는지

심란도尋蘭圖

나그네막대짚어찍고간
자리마다난초향기고여
바람이불어와탁본뜨다

늦은봄날산그늘내리다

난초도蘭草圖

세상에서
세상 바깥의 꽃망울
보다

머얼리 마을 입구
팽나무 앙상한 잔가지
담록 밀어 올리는 소리 듣다

고요 밑의 고요라야만
자신의 몸 여는 난초 꽃망울
바라보다

난화도蘭花圖

피어나
또다른 하늘
만들어서

지상에
향
내려보내

누더기뿐인 세상
말갛게
씻어내누나

춘란도春蘭圖

이마 흰빛 닳도록
맑은 살갗 부서지도록

이승 빠져나가는
희미한 향 끌고

허공에 매달려
흐름 한 자락 잠시 들춰내다

네게로 가는
이미 잊혀진 길

제3부 서창리 시편

서창호西倉湖

물오리는 몸보다 소리부터 적신다
날고 있을 때나 수면에 내려서나

물갈퀴로 물만 아니라
천 리 길 함께 온 울음 밀어낸다

물안개도 상처를 가리우진 못해
스밀 듯 자꾸 등에 와 닿는 그리움

서호西湖

물오리심한공기저항뚫고날갯짓벗다
그동안날아온만리길이리저리얽히고
설켜뜨고헤엄치고가라앉아출렁대다
나뭇잎떨어져서까마득히먼길떠나다
어디선가찬바람새어들어수면얼리다
자신의굽은등에비집고들앉는물오리

서창정 西倉亭

스물스물 어디선가
어둠 다가서고
등불 야위어 가다

잔물결 위 걷는
별빛의 발뒤꿈치
그리움 번져나다

한밤이면 바다으로
자리 옮겨 흐르는
목이 긴 정자亭子

푸른호수갤러리

세상살이 쓰라리고 고된
온갖 한기 다 받아들여

잘디잔 물결들
어깨동무하고 다가와

보리의 흔들림으로
떠 흐르나니, 숨결이여

칠순 화가 캔버스에 찍는
점마다 낱알들 여무는 힘

풍화 작용

서창리쯤 옮겨오니
풍광도 따라 흘러 들다

너른 호수 화포畵布
이삭으로 몸 바꾸는 물방울들

바람 불어 밭두둑 흔들면
사방 �솨아솨 소리에 닳아

노老화가 하얘질수록
보리 제 빛깔 갖춰 가나니

자화상

이웅성은청보리다
누가뭐래도그렇다

바람고랑고랑마다스미어서
머리카락이미허연까끄라기

잘익은보리알갱이들
하늘올라별밭이루다

이웅성의몸에선
바람냄새가나다

청보리의 꿈

아무말말고우선은청보리되어볼일이다
저만치느릿걸어가는뒷모습까지허이연

아예영혼마저투명해져서푸른하늘이나
깊은호수에내비치는환한햇살같은화가

이리저리휘도는바람결쳐밭으로나갈일
발을묻고살아청보리의꿈가닿을터우리

그림, 혹은 그리움

그리움 속으로 들어가기 위해
먼저 그림 속으로 들어가다

루드베키아 색깔과 향기 놓아
손발 적셔 오다 아련한 추억 향하여

나비로 멀리 날아오르며
광목천 빠져나오다 그림 그린다는 거

혹여 그리움 그리는 것이 아닐지
참 고운 여류 보며 잠시 생각하다

거울

촛불 하나 오롯이 밝히면
온몸 구석구석 젖어들듯

서창호 앞에다 소곳 서면
그 불빛 물결로 번져가듯

석채 여러 차례 붓끝 모아
광목천 위 옮기면 꽃 피어

산마을 벗어나 팔방으로
빛깔과 향기 퍼뜨리나니

도라지꽃

하늘 향해
하늘색으로

가다가다
돌아보면

가슴 가득
종소리

끝이 다섯
갈래

마침내
별에 이르다

능소화

허공휘감아드는흡착근
딛어더디끝없이올라도

가닿을수없는불밝힌창
그리움한발짝앞서가고

차茶

볼펜똥으로 까마아득히 자리한
마음속 점 하나

잇고 이어 온 가녀린 그리움
점차 피어 올라 펜혹 크기

다시 돌이킬 순 없는지
말라붙은 산국山菊

물기 머금어 부풀어 올라
이내 찻잔 넘어서는 얼굴

사과

1980년대 중반 허름한 이층 목조 건물 리 아틀리에
들렀는데 부인이 사과 한 접시 깎아 와 포크로 찍어 베
어물며 둘은 거의 동시 재채기 해대다 왜 이러지 서로
바라보다 이때 부인의 말, 깎으며 재채기 했더니 드시
며 두 분 똑같이 재채기 하시네

2010년대 초반 물빛으로 인해 더욱 희게 보이는 푸
른호수갤러리 갔는데 그의 '성서' 시리즈에 부인이 깎
으려 손에 든 예전 온전한 모습의 사과가 매편 보여 나
는 순간 심한 딸꾹질 이때 화가의 말, 사과 그리며 딸꾹
질이 오래 멈추지 않았었는데

동해東海

세계전도펼쳐아시아찾아
중국대륙지나동쪽을짚어
대한민국과일본사이보면
깊고푸른물위그녀이름떠
있다태평양인도양으로도
흘러나가잖고흐름과전혀
상관없이늘제자리떠있다

유락有樂

수면 위
얇게 깔린 달빛
끌어다 덮다

별빛
몇 개 묻어 와
졸다

풀벌레
새록새오록
잠들다

서창가西倉歌

1

 베란다 구석 청거북 두 마리 키우다 오백 원짜리 동전만 하던 게 여러 해 뒤 손바닥만 해지다 한쪽 죽자 아빠 졸라 나머지 서창호에 놓아 주다 소녀 틈 나면 베란다로 가 살던 자리 바라보다 비 오고 바람 불던 날 울음소리 듣다 아빠와 가 보다 들리지 않다 소리는 무슨, 울음 데리고 이미 서창호로 갔다는데 그러느냐 다시 아빠에게 와, 들어봐! 아니? 내 말 맞지! 분명 높고 맑은 소리로 울다 자꾸 뒤돌아보며 울다 출처 찾던 아빠와 소녀는 팔랑개비처럼 빙빙 도는 플라스틱 빨랫대라는 사실 알아차리다 서창호로 간 청거북 울음소리 그대로 옮겨와 살다 왜 세상의 온갖 것들 자취 없이 가 버린 다음까지도 무언가를 어딘가에 남겨 놓아 남아 있는 사람들의 가슴 아프게 하는 걸까

2

언제였던가천년전이곳와놓아준청거북
그자리정자세워져너이제주인되었구나

78

어느늙은시인절벽을타고오르며비노니
흐드러지게핀능소화꺾어바치며비노니
수로水路돌려다오그렇잖으면귀먹으리

동거同居

무엇에도 마음 부치기 어려워 다시 청거북 키우기로 하다 어느 정도 크면 서창호에 또 놓아 줄 생각이다 토코페롤 각종 비타민, 미네랄 인삼 엑기스 등이 첨가되었다는 먹이 하루 세 번 주다 청거북은 수족관 아닌 플라스틱 김치통에서 살다 아무도 찾아오지 않고 찾아가지 않으며 그 안에서 이리저리 팔다리 놀려대다 가끔씩 높잖은 수면 위 얼굴 내밀어 머언 호수 추억의 끝 바라보다

차암, 빼먹을 뻔하다 청거북은 자신의 배설물과 더불어 먹고 자고 입다 이틀이나 사흘에 한 차례씩 물 갈아주지만 보면 늘 함께다 청거북의 삶, 사랑 이별 그리움 고통이 잔잔하게 고이다 집 안 구석구석 열심히 쓸고 닦지만 그 지독한 생활 찌꺼기 빠져나가지 않다 전후좌우 창 모조리 열어젖히나 아무런 소용이 없다 나는 배설물과 어깨동무한 채 소주 마시고 울고 노래하며 잠들다

겨울

잡목의
빈 가지 향해
잊힐 듯
아스라이

눈
덮인
언덕
가로질러

가는
조그만
은 부스러기
길

제4부 단풍

소

　몇 줌 안 되는 여물 입에 넣고 이른 새벽부터 밤 늦게
까지 일 제 살처럼 몸에 붙여 마르고 닳도록 힘겹게 견
디다 숨 놓은 뒤 육신 부위별로 예리한 칼날에 발라져
위안이 듯 잠시 붉은 불빛 아래 놓였다가 인간들 몸 안
곳곳 누벼 에너지원 되다 워낭 소리 밖에 놓아 둔 채

뿔

두눈깔에서뿜 어져나온불에
그슬려져앞쪽 향해내닫는다
초목바위바람 걸려드는족족
뒤로던져무릎 뼈마저팽개쳐
그힘이센조선 소떼뿔만남다

벌레

    자꾸만 구불거리는 길이 나를 벗어나 걸어가다 달아나는 길에 안간힘 다해 매달리다 팔다리 저려오다 코는 희미한 들꽃 향기에 가 닿다 빽빽한 잎들 사이로 겨우 빠져나온 몇 오라기 햇살 무심코 등에 와 닿아 부서지다 쓰라리다 몸을 뒤척거리다 그것마저 쉽지 않다 상수리나무의 가지들이 고요 속으로 가라앉다 어디선가 바람 불어오다 머잖아 눈 감으면 이내 숲은 텅 비워지리라

폐가

어미의 안
실핏줄이나 무릎
복숭아뼈에까지
꼬옥 들앉았던 나

달이 지고
바람 거미줄에 걸린
흙벽 틈으로
울음 쓸쓸히 빠져나간,

진달래

흙담그림자벗어들고
사방으로걸어나가다
번져마을뒤야산곳곳
무리지어내리는햇살
저눈부신봄날메마른
빈가지마다일어서는
분홍빛먼지먼지들아

새치

새록
새록
돋아나는
죽음

해바라기

고흐는죽고땅에묻힌다음
썩어문드러져사라지지만

그가잘라낸귀언제나그자
리에떠노란빛불러모으다

무슨 달

어미의육신이
앉은걸음으로
평생일궈냈던
땅밑에들앉아
오직새끼걱정
어둠을헤집고
누우런얼굴만
앞남산뒷남산
빠져나오시나

비

김추자의님은먼곳에를들으며
울먹이다노래습한기운속가라
앉았다가이내슬몇날아오르다

작디작은물방울허공떠흐르다
입자하나마다묻은음을둥글게
털어내어지상으로내려보내다

화석

수억년묵은사랑
바람에닳아지고

바라보던눈빛만살아
퇴적물에매몰된채로

시인

연방連房 쉬지않고 물기날려
제몸구석 씨앗 몇개 품고있다

눈물 슬픔버려 말라 비틀어져
사리같은 어휘 몇개 품고있다

추운 봄날

차츰묻어나는담록
바람이와씻어내다

물의살점베어물고
버들치가살오르다

하늘한귀퉁이돌아
객잡목숲바라보다

비산요 胐山窯

가마에사흘밤낮
불들어가면
산달귀져

음력초하루

하늘위로
잘구워진빛
초승달떠오르다

찻사발

물모으니주위풍경비춰들어
티없이깨끗하게비웠는데도

배꽃하이얀향기가이냥남아
따라나가지않고무늬로남아

입춘

봄온다기에
몸한귀퉁이

누가볼세라수줍어
살짝열었던것인데

한기송곳처럼파고들어
아뿔싸뿌리까지얼리다

할매

호롱
그
질긴
불빛
끄고
감자
속
숨다

소년

안경으로 나비 날아들다

유리알 속
반짝이는 햇빛
흐르는 물소리
시원한 바람까지 들어오다

훨훨얼 나비 날아가다

안경 쓴 아이
냇물 건너
보리밭 지나
해바라기 위로 노오랗게 날아오르다

무덤

지금까지
밟았던 흙길

구불구불
되돌아와

몸 안 차곡
차곡 들어차다

* 70년대 후반, 몸과 마음에 상처를 입어 참으로 많이 헤매 다녔다. 한 줌
  희망 없이. 좁고 먼 거제의 산길이 잡혀 온다. 거기서 찔레꽃을 보았다.
  그 꽃은 봄날 허공에 머물러 있던 나의 눈물방울이었다. 지금도 무심코
  뒤돌아보면 눈 속 가득 하이얀 빛이 차 온다.
  어느 순간, 걸었던 길들이 꼬리에 꼬리를 물고 돌아오는 중이라는 사실
  을 감지했다. 어김없이 아직은 성한 눈을 하고 상처도 뒤따라왔다. 그
  길들의 끝이 내 안으로 가뭇없이 자취를 감추는 순간이 바로 죽음 아닐
  까. 잠시 그따위 시시한 생각을 하였다.

추억

햇빛에 잘디잘게 반짝이는 은사시나무 잎들을 가리
키며 당신은, 저게 무슨 나무예요? 물었지요 거제 산길
을 버스로 갔는데, 지금 하늘에 떠서 반짝이던 그 물음
이 보여져 옵니다 물어보던 당신은 온데간데없는데 그
날의 눈부심만 살아 남아서 산길을 돌고 돌아 버스에
실려 내게로 옵니다.

무등산

귀 먼
귀 기울이며

잘린
몸으로

소리 죽여
울고 있다,

밖은
오월인데

비가 비를 불러 비 내리게 하고

아이야네걸음마
가닿은하늘에서
눈물방울같은비
가내려어느들판
아무도살지않는
곳네이름처럼아
무리불러도싫지
않은풀꽃피어난
다눈멀고입멀어
키젖으며꽃잎에
가닿는다아이야

길

　영랑이 살았던 강진의 옛 지명이 탐진이었답니다 탐
라도로 나아가는 나루 아하, 그래서 이곳을 적시는 물
이 탐진강이로구나 수염 허연 사공은, 옛날 옛적엔 그
곳까지 자그만 목선으로 다녔다는 겁니다 믿기지 않았
습니다 하긴 그 시절 철선이 있었을 턱이 없습니다만
해류를 잘 골라 잡으면 이웃집 가듯 힘들이지 않고 그
곳까지 쉽게 매우 빠르게 갔다 합니다 해류 따라 뱃길
이 선다는 말입니다 그러잖고 나섰다간 다시는 돌아올
수가 없었다는 겁니다

　그 뒤 나는 내가 사는 고장에서 제일 높은 산의 맨 꼭
대기에 올라 기류를 노리게 되었습니다 기류를 잘 만나
면 나의 이 그리움이 그 여자에게까지 쉽게 매우 빠르
게 전달될 수 있으리란 마음에서입니다 그러나 그렇게
얼른 그 길이 보이겠습니까 하여튼 띄워 보내면서 거센
풍랑도 만나고 암초에 얹히기도 하고 깨어지기도 하며
반드시 찾겠습니다 나도 옛 사공들처럼 눈이 열리지 말
란 법 있습니까 하다하다 안 되면 영랑처럼 시의 눈이
라도 트이겠지요

살구꽃

메마른
자리

봄빛
나려

작은 불
피우다

어마
뜨거워라

허공이
살 데다

고죽도孤竹圖

저문 대밭
한바탕 건너오는

바람 소리
닦고 또 닦아

가지마다 뜨는
삼만 개의 달

쏴쏴쏴 이파리들
몸 안 들어

빈 그림자 지탱하는
하얀 그리움

시인이 지녀야 할 중요한 덕목은 바람. 하나 덧붙인다면 달빛. 둘 다 세상에서 가장 맑은 대상이다. 뜨거운 불 지난 언어가 바람 만나 달빛으로 은은히 번져나기를.

이웅성·이동해 부부화가와 1985년부터 교유해 왔다. 올해로 27년째다. 화전畵田 일구며 살더니 얼마 전 그림 속으로 아예 거처를 옮겨갔다. 색깔을 자신의 내부에서 꺼내 쓰는 재주 지닌 그들에게 제3부를 바친다.

아직 쌀쌀한 3월 중순, 이동하 형이 형수와 함께 목포를 다녀갔다. 작년 8월 폐암 수술 후 건강이 완전치 않음에도 손수 차를 몰아, 어떻게 사는지 네 꼴 보러 왔다 하였다. 마침 점심 때여서 영란횟집에서 민어회를 먹은 다음, 보았으니 이젠 됐다며 상경. 한 시간 반 정도의 짧은 만남을 위해 그토록 길게 내려왔다 길게 올라갔다. 나의 작가로서의 삶과 창작 태도에 커다란 변혁을 가져다 주었던 아름다운 선배. 일박 마다 하고 길 떠나는 노老작가의 건강을 빌고 또 빌었다.

'曲川'을 사용한 지 십년, '一如'로 바꾸었다. 선친의 '一觀'과 이상태 그림신선의 '如村'에서 각각 한 자씩 취했음을 밝힌다. 나머지 생애를 그 자세로 살아가려 한다.

나무나루에서
조승기 합장

조승기

1948년에 태어나 중앙대 문예창작과를 졸업했다. 1976년 중앙일보 신춘문예 소설 당선을 통해 문단에 나왔다.

지은 책으로 시집 『내 입술이 입댄 입술은』, 『나의 슬픔은 나의 부처다』, 『댓잎에 모이는 빗소리』 등과 소설집 『돌을 던지는 女子』, 『지지배배』와 장편소설 『쥐』와 산문집 『소라는 자신을 비운 다음 비로소 파도 소리를 지닌다』, 『습한 공기는 별빛을 부드럽게 한다』 등이 있다.

바람 지난 뒤 대밭에는
바람 소리 남아 있지 않고

초판1쇄 찍은 날 | 2012년 6월 11일
초판1쇄 펴낸 날 | 2012년 6월 20일

지은이 | 조승기
펴낸이 | 송광룡
펴낸곳 | 문학들
등록 | 2005년 8월 24일 제2005 1-2호
주소 | 501-841 광주광역시 동구 학동 81-29번지 2층
전화 | 062-651-6968
팩스 | 062-651-9690
전자우편 | munhakdle@hanmail.net

ⓒ 조승기 2012
ISBN 978-89-92680-60-8

· 잘못된 책은 바꿔드립니다.
· 책값은 뒤표지에 표시되어 있습니다.
· 이 시집은 인터넷 쇼핑몰 '데일리 라이프'의 지원을 받아 출간되었습니다.